神巫之爱

沈从文

著

天地出版社 | TIANDI PRESS

图书在版编目（CIP）数据

神巫之爱/沈从文著.—成都：天地出版社，2021.6
（沈从文著作集）
ISBN 978-7-5455-6012-1

Ⅰ.①神… Ⅱ.①沈… Ⅲ.①短篇小说－小说集－中
国－现代 Ⅳ.①I246.7

中国版本图书馆CIP数据核字（2020）第196388号

SHENWU ZHI AI

神巫之爱

出 品 人	杨　政
作　　者	沈从文
责任编辑	陈文龙　聂俊珍
校　　订	李建新
特约审校	魏旭丽
封面设计	徐　海
责任印制	王学锋

出版发行	天地出版社
	（成都市槐树街2号 邮政编码：610014）
	（北京市方庄芳群园3区3号 邮政编码：100078）
网　　址	http://www.tiandiph.com
电子邮箱	tianditg@163.com
经　　销	新华文轩出版传媒股份有限公司

印　　刷	三河市兴博印务有限公司
版　　次	2021年6月第1版
印　　次	2021年6月第1次印刷
开　　本	787mm×1092mm 1/32
印　　张	3.25
字　　数	50千字
定　　价	24.00元
书　　号	ISBN 978-7-5455-6012-1

沈从文和弟弟得余（右），一九二九年于上海

校订说明

　　沈从文，原名沈岳焕，笔名休芸芸、甲辰、上官碧等。中国现代著名作家、文物研究专家。一九〇二年十二月二十八日出生于湖南凤凰县。早年投身行伍。一九二三年只身到北京，投考燕京大学未中，开始文学创作。一九二四年起，陆续在《晨报副镌》《文学》《小说月报》和《现代评论》上发表作品。一九二八年以后，在上海、武汉、青岛、北京等地大学任教，同时写作不辍。全面抗日战争爆发后，到昆明西南联合大学任教，一九四六年随北京大学复员回到北平。新中国成立后，先后在中国历史博物馆和中国社会科学院历史研究所工作，主要从事中国古代文物特别是服饰史的研究，一九八一年出版《中国古代服饰研究》。一九八八年五月十日病逝于北京。

一九二六年十一月，沈从文的第一部作品集《鸭子》由北新书局出版，为"无须社丛书"之一，收戏剧九篇、小说九篇、散文七篇、诗五首。此后著述不断。陈晓维先生据《沈从文研究资料》（花城出版社一九九一年版）所载《沈从文总书目》，将一九四九年以前出版的沈从文著作分为三类：一、见于公私收藏的著作五十九种；二、未见公私收藏的存疑著作十三种；三、盗印本七种。新中国成立之前确有其书的沈从文著作，有的不止一个版本。如《湘行散记》，一九三六年三月商务印书馆初版，一九四三年十二月又由开明书店出版了作者改订本，为"沈从文著作集"之一。

从一九四一年起，沈从文花费了大量精力修订旧作，准备在桂林开明书店出版"沈从文著作集"，原计划出版三十种，实际出版十三种，包括：《春灯集》，一九四三年四月初版；《阿金》，一九四三年七月初版；《黑凤集》，一九四三年七月初版；《边城》，一九四三年九月初版；

《神巫之爱》，一九四三年九月初版;《黑夜》，一九四三年九月初版;《废邮存底》，一九四三年九月初版;《春》，一九四三年十二月初版;《月下小景》，一九四三年十二月初版;《从文自传》，一九四三年十二月初版;《湘行散记》，一九四三年十二月初版;《湘西》，一九四四年四月初版;《长河》，一九四八年八月初版。

其中《阿金》《神巫之爱》《黑夜》《春》《月下小景》未见于《沈从文研究资料》所载总书目。

"沈从文著作集"封面采用统一样式，以作者幼子沈虎雏所绘简笔画衬底，手书书名，封面右下标示"沈从文著作集之一"。这十三种集子出版后，多有重印，如《边城》有一九四八年三月四版，《神巫之爱》有一九四九年一月五版，《废邮存底》有一九四九年一月五版。后时易世变，沈从文"转业"，渐渐退出文坛。一九五三年，他接到开明书店通知：旧版"沈从文著作集"内容已过时，书稿及纸型均已代为销毁。

开明版"沈从文著作集"封面标示"改订本"，均由作者亲自编选校订。一方面，选目体现了"作者眼光"；另一方面，作者所作具体的文字修订有独特价值。沈从文曾在上海生活书店初版本的《边城》上标注"全集付印时宜用开明印本"。北岳文艺版《沈从文全集》收入了"沈从文著作集"包含的全部篇目，其中《边城》《湘行散记》《湘西》《从文自传》是以开明版作为底本，《长河》《废邮存底》《神巫之爱》是以其他版本为底本。因为《沈从文全集》是以曾经出版的单行本编目，"不同选集若收有同一作品，该作品只编入全集的某一集内，其他选集仅存目备考"，所以"著作集"中的《黑凤集》《春灯集》等六本书未在全集中以原貌出现。

出于种种原因，当年"沈从文著作集"的出版计划虽未能全部实现，但作者的重要作品多已收入。或鉴于其特殊价值，一九七七年香港汇通书店曾全部翻印，未见内地出版社再版。

如上所述，再版"沈从文著作集"既增添了一种较为系统的版本，对于研究者和读者日常阅读，也有特别的意义。

一九三六年五月，沈从文选印了自己的"十年创作集"——《从文小说习作选》，由良友图书公司出版。一九三四年一月十八日，沈从文在给张兆和的信中写道：

我想印个选集了，因为我看了一下自己的文章，说句公平话，我实在是比某些时下所谓作家高一筹的。我的工作行将超越一切而上。我的作品会比这些人的作品更传得久，播得远。我没有方法拒绝。我不骄傲，可是我的选集的印行，却可以使些读者对于我作品取精摘尤得到一个印象。你已为我抄了好些篇文章，我预备选的仅照我记忆到的，有下面几篇：

　　柏子、丈夫、夫妇、会明（全是以乡村平凡人物为主格的，写他们最人性的一面的作品。）

　　龙朱、月下小景（全是以异族青年恋爱为主格，写他们生活中的一片，全篇贯串以透明的智慧，交织了诗情与画意的作品。）

　　都市一妇人、虎雏（以一个性格强的人物为主格，有毒的放光的人格描写。）

　　黑夜（写革命者的一片段生活。）

　　爱欲（写故事，用天方夜谭风格写成的作品。）

　　应当还有不少文章还可用的，但我却想至多只许选十五篇。也许我新写些，请你来选一次。我还打量作个《我为何创作》，写我如何看别人生活以及自己如何生活，如何看别人作品以及自己又如何写作品的经过。你若觉得这计划还好，就请你为我抄写《爱欲》那篇故事。这故事抄时仍然用那种绿格纸，同《柏子》差不多的。这书我估计应当有购者，同时有十万读者。

《从文小说习作选》的出版者赵家璧为此书写的广告中也说：

> 沈从文先生十年来所写的小说，单以数量计，可以说超过任何新文学的成就。这一次应良友之请，把他自己所认为最满意的作品，集成一巨册，包含十几个短篇，一部长篇，一部自传，共计四十万字。喜读从文小说的读者，都不应错过这部书。

《从文小说习作选》所收短篇小说，后分别收入"沈从文著作集"中的《春灯集》《阿金》《黑夜》《春》；《月下小景》《神巫之爱》《从文自传》作为单行本列入"著作集"。加上《从文小说习作选》之外的代表作品《边城》《湘行散记》《湘西》《长河》《废邮存底》，"著作集"基本包含了沈从文的经典作品。

"沈从文著作集"中的《春灯集》《阿金》《黑凤集》《春》等短篇集，所收作品互有重复，如《春灯集》和《春》都收了小说《八骏图》，《阿金》和《黑凤集》都收了《三三》。为了再现"沈从文著作集"的原貌，经慎重考虑，不做篇目调整，一仍其旧。

《边城》等九部作品均以开明版"沈从文著作集"为底本；《阿金》《神巫之爱》《黑夜》《春》以香港汇通版为底本，参校以《从文小说习作选》一九四五年六月再版本。

本书在校订方面尽可能精审。因作者自有其文字风格，各时代均有其语言习惯，为尊重作者及历史，编者除订正个别明显讹误之处外，其余文字均依底本不做改动。

虽已尽力，本书仍可能存在各种问题，期待读者批评指谬。

李建新

二〇二〇年六月

目录

第一天的事

云石镇寨门外边大路上，有一群花帕青裙的美貌女子，守候一个侍候神的神巫来临。人数约五十。全是极年青，不到二十三岁以上，各打扮得像一朵鲜花。人人猜拟到神巫必然带来神的恩惠给全村，却带了自己的爱情给女人中某一个。因此凡是寨中年青貌美的女人，都愿意这幸福能落在她头上。她们等候那神巫来到，希望幸运留在自己身边，失望分给众人，结果就把神巫同神巫的马引到自己的家中；马安顿在马房，用麦杆草喂马，神巫安顿在她自己的房里，床间有新麻布帐子山棉作絮的房里。

在云石镇的女人心中，把神巫款待到家，献上自己的身，给这神之子受用，是以为比作土司的夫人还觉得荣幸的。

云石镇的住民，属于花帕族。花帕族的女人，正仿佛是为全世界上好男子的倾心而生长得出名美丽，下品的下品至少还有一双大眼睛与长眉毛，使男子一到面前就甘心情愿作奴当差。今天的事，却是许多稍次的女人也不敢出面竞争了。每一个女人，能多将神巫的风仪想想，又来自视，无有不气馁失神，嗒然归去的。

在一切女人心中，这男子应属于天上的人。纵代表了神，往各处降神的福佑，与自己的爱情，却从不闻这男子恋上了谁个女人。各处女人用颜色或歌声尽一切的诱惑，神巫直到如今还是独身。神巫大约在那里有所等候的天知道他等候谁。

神巫是在等待谁？生在人世间的人，不是都得渐渐老去么？美丽年青不是很短的事么？眼波樱唇，转瞬即已消逝，神巫所挥霍抛弃的女人的热情，实在已太多了。便是今天的事，五十人中倘若有一个为神巫加了青眼，也就有其余四十九人对这青春觉到可恼。美丽的身体若无炽热的爱情来消磨，则这美丽也等于累赘。花帕族及其他各族，女人之所以精致如玉，聪明若冰雪，温柔如棉絮，也就可以说是全为了神的儿子神巫来注意的。

好的女人不必用眼睛看，也可以从其他感觉上认识出来的。神巫原是一个有眼睛的人，就更应当清楚各部落里美中完全的女人是怎样多。为完成自己一种神所派遣到人间来的意义，他一面为各族诚心祈福，一面也应当让自己的身心给一个女人所占有！

是的，这男子明白这个。他对于这事情比平常人看得更分明。他并无奢望，只愿意得到一种公平的待遇。在任何部落中总不缺少那配得他上的女人，眯着眼，抿着口，做成那欢迎他来摆布的样子。他并不忘记这事情！许多女人都能扰乱他的心，许多女人都可以差遣他流血出力。可是因为另外一种理由，终于把他变成骄傲如皇帝了。他因为做了神之子，就仿佛无做人间好女子丈夫的分了。他知道自己的风仪是使所有的女人倾倒，所以本来不必伟大的他，居然伟大下来了。他不理任何一个女人，就是不愿意放下了那其余许多美丽女子去给世上坏男子脏污。他不愿意把自己身心给某一女人，意思就是想使所有世间好女人都有对他长远倾心的机会。他认清楚神巫的职分，应当属于众人，所以他把他自己爱情的门紧闭，独身下来，尽众女人爱他。

每到一处遇到有女人拦路欢迎，这男子便把双眼闭下，拒绝诱惑，女人却多以为因自己貌陋，无从使神巫倾心，引惭退去。落了脚，找到一个宿处后，所有野心极大的女人，便来在窗外吹笛唱歌，本来窗子是开的，神巫也必得即刻关上，仿佛这歌声烦恼了他，不得安静。有时主人自作聪明，见到这种情形，必定还到门外去用恶声把逗留在附近的女人赶走，神巫也只对这头脑单纯的主人微笑，从不说主人已做错了事。

花帕族的女人，在恋爱上的野心等于猓猓族男子打仗的勇敢，所以每次闻神巫来此作傩，总有不少的女人在寨外来迎接这美丽骄傲如狮子的神巫。人人全不相信神巫是不懂爱情的男子，所以上一次即或失败，这次仍然都不缺少把神巫引到家中的心思。女子相貌既极美丽，又非常胆大，明白这地方女人的神巫，骑马前来，在路上就不得不很慢很慢的走了。

时间是烧夜火以前。神巫骑在马上，看看再翻一个

　　　　　　　　　　　　　　　　　　神巫之爱

山，就可以望到云石镇的寨前大梧桐树了，他勒马不前，细细的听远处唱歌声音。原来那些等候神巫的年青女人，各人分据在路旁树荫下，盼望得太久，大家无聊唱起歌来了。各人唱着自己的心事，用那像春天的莺的喉咙，唱得所有听到的男子都沈醉到这歌声里，神巫听了又听，不敢走动。他有点害怕，前面的关隘似乎不容易闯过，女子的勇敢热情推这一镇最出名。

追随在他身后的一个仆人，肩上抗的是一切法宝，正感到沈重，压得肩背沈甸甸的，想到进了寨后找到休息的快活，见主人不即行动，明白主人的意思了。仆人说道：

"我的师傅，请放心，女人不是酒，酒这东西是吃过才能醉人的。"他意思是说女人想起才醉人，当面倒无妨。原来这仆人是从龙朱的矮奴领过教的，说话的聪明机智处许多人不能及。

可是神巫装作不懂这仆人的聪明言语，很正气的望了仆人一眼。仆人在这机会上就向主人微笑，表示他什么事全清清楚楚，瞒不了他。

神巫到后无话说，近于承认了仆人的意见，打马上前了。

马先是走得很快，然而即刻又慢下来了。仆人追上了神巫，主仆两人说着话，上了一个个小小山坡。

"五羊，"神巫喊着仆人的名字，说，"今年我们那边村里收成真好！"

"做仆人的只盼望师傅有好收成，别的可不想管他。"

"年成好，还愿时，我们不是可以多得到些钱米吗？"

"师傅，我需要铜钱和白米养家，可是你要这个有什么用？"

"没有钱我们不挨饿吗？"

"一个年青男人他应当有别一种饥饿，不是用钱可以买来的。"

"我看你近来一天脾气坏一天，说的话怪得很，必定是吃过太多的酒把人变胡涂了。"

"我自己那知道？在师傅面前我不敢撒谎。"

"你应当节制，你的伯父是酒醉死的，那时你我都很小，我是听黄牛寨教师说的。"

"我那个伯父倒不错！酒也能醉死人吗？"他意思是

女人也不能把主人醉死，酒算什么东西。

神巫却不在他的话中追究那另外意义，只提酒，他说：

"你总不应当再这样做。在神跟前做事的人，荒唐不得。"

"那大约只是吃酒，师傅！另外事情——像是天许可的那种事，不去做也有罪。"

"你真在亵渎神了，你这大蒜！"

照例是，主人有点生气时，就会拿用人比蒜比葱，以示与神无从接近，仆人就不开口了。这时节坡已上了一半，还有一半上完就可以望到云石镇，在那里等候神巫来到的年青女人，是在那里唱着歌，或吹着芦管消遣这无聊时光的。快要上到山顶，一切也更分明了。这仆人为了救济自己的过失，所以不久又开了口。

"师傅，我觉得这些女人好笑，全是一些蠢到无以复加的东西！"

随又自言自语说道："学竹雀唱歌谁希罕？"

神巫不答理，骑在马上腰身略弯伸手摘了路旁土坎上一朵野菊花，把这花插在自己的鬓边。神巫的头上原包有一条大红锦绸首巾，配上一朵黄菊，显得更其动人的妩媚。

五羊见到神巫打扮得如此华贵，也随手摘了一朵野花安插在包头上。他头上缠裹的是深黄布首巾，花是红色。有了这花仆人更像蒋平了。他在主人面前，总愿意一切与主人对称，以便把自己的丑陋衬托出主人的美好。其实这人也不是在爱情上落选的人物，世界上就正有不少龙朱矮奴所说的"吃搀了水的酒也觉得比酒糟还好的女人"，来与这神巫的仆人啮臂论交！

翻过坡，坡下寨边女人的歌声更分明了。神巫意思在此间等候太阳落坡，天空有星子出现，这些女人多数因回家煮饭去了，他就可以赶到族总家落脚。

他不让他的马下山，跳下马来，把它系在一株冬青树下，命令仆人也把肩上的重负放下休息。仆人可不愿意。

"我的主，一个英雄他应当在日头下出现！"

"五羊，我问你，老虎是不是夜间才出到溪涧中喝水？"

仆人笑，只好把一切法宝放下了。因为平素这仆人是称赞师傅为老虎的，这时不好意思说虎不是英雄。他望到他主人坐到那大青石上沈思，远处是柔和的歌声，以及忧郁的芦笛，就把一个镶银漆朱的葫芦拿给主人，请主人喝酒。

神巫是正在领略另外一种味道的，他摇头，表示不需要酒。

五羊就把葫芦的嘴亲着自己的嘴，仰头咽嘟咽嘟喝了许多酒，用手抹了一抹葫芦的嘴又抹自己的嘴，也坐在那石头上听山下唱歌。

清亮的歌，呜咽的笛，在和暖空气中使人迷醉。

日头正黄黄的晒满山坡，要等候到天黑还有大半天的时光！五羊有种脾气，不走路时就得吃喝，不吃喝时就得打点小牌，不打牌时就得睡！如今天气正温暖宜人，什么事都不宜作，五羊真愿意睡了。五羊又听到远处鸡叫狗叫，更容易引起睡眠的欲望，因此当到他主人面前一连打了三个哈欠。

"五羊，你要睡就睡，我们等太阳落坡再动身。"

"师傅，你说的极有道理。可是你的命令我反对一半承认一半。我实在愿意在此睡一点钟或者五点钟，可是我觉得应当把我的懒惰逐去，因为有人在等候你！"

"我怕她们！我不知道这些女人为什么独对我这样多情，我奇怪得很。"

"我也奇怪！我奇怪她们对我就不如对师傅那么多情。如果世界上没有师傅，我五羊或者会幸福一点，许多人也幸福一点。"

"你的话是流入诡辩的，鬼在你身上把你变成更聪明了。"

"师傅，你过奖我了。我若聪明，早应当把一个女人占有了师傅，好让其余女子把希望的火端熄，各自找寻她的情夫！可是如今却怎么样？因了师傅，一切人的爱情全是悬在空中。一切……"

"五羊，够了。我不是龙朱，你也莫学他的奴仆，我要的用人只是能够听命令的人。你好好为我睡了罢。"

仆人于是听命不再作声，又喝了一口酒，把酒葫芦搁在一旁，侧身躺在大石上，用肘作枕，准备安睡。但他仍然有话说，他的口除了用酒或别的木揎头塞着时总得讲话的。他含含糊糊的说道：

"师傅，你是老虎！"

　　　　　　　　　　　　　神巫之爱

这话是神巫听厌了的，并不理他。

仆人便半像唱歌那样低低哼道：

"一个人中的虎，因为怕女人的缠绕，不愿在太阳下见人，……

"不敢在太阳下见人，要星子嵌在蓝天上时才敢下山，……

"没有星子，我的老虎，我的主，你怎么样？"

神巫知道这仆人有点醉意了，不作理会。还以为天气实在太早，尽这个人哼一阵又睡一阵也无妨于事，所以只坐到原处不动，看马吃路旁草。

仆人一面打哈欠一面又哼道：

"黄花岗的老虎，人见了怕；猩猩族的老虎，它只怕人。"

过了一会仆人又哼道：

"我是个光荣的男子，花帕族小嘴长臂白脸庞女人，你们全来爱我！

"把你们那张小小的嘴唇，把你们两条长长的手臂，全送给我，我能享受得下！

"我的光荣随了我主人而来……"

他又不唱了。他每次唱了一会就歇歇，像神巫在山神前念诵祷词一样。他为了解释他有理由消受女人的一切温柔，旋即把他的资格唱出。他说：

"我是千羊族长的后裔，黔中神巫的仆人，女人都应归我。

"我师傅怕花帕族的女人，却还敢到云石镇上行法事，我的光荣……

"我师傅勇敢的光荣，也就应当归仆人有一分。"

这个仆人哼哼唧唧时是闭上眼睛不望神巫颜色的。因了葫芦中一点酒，使他完全忘了形，对主人的无用处开起玩笑来了。

远处花帕族女人唱的歌，顺风来时字句听得十分清楚，在半醉半睡情形中的仆人耳中，还可以得其仿佛，他于是又唱道：

"你有黄莺喉咙的花帕族妇人，为什么这样发痴？

"春天如今早过去了，你不必为他歌唱。

"我师傅虽是美丽的男子，但并不如你们所想像的勇敢与骄傲；

"因为你们的歌同你们那唱歌的嘴唇，他想逃遁，他逃遁了。"

一会儿，仆人的鼾声代替了他的歌声，安睡了。这个仆人在朦胧中唱的歌使神巫生了一点小小的气，为了他在仆人面前的自尊起见，他本想上了马一口气冲下山去。更其使他心中烦恼的，却是那山下的花帕族年青女人歌声，那样缠绵的把热情织在歌声里，听歌人却守在一个醉酒死睡的仆人面前发痴，这究竟算是谁的过错呢？

这时节，若果神巫有胆量，跳上了马，两脚一夹把马跑下山，马项下铜串铃远远的递了知会与花帕族所有年青女人，那在大路旁等候那瑰奇秀美的神巫人马来到面前的女人，是各自怎么样心跳血涌！五十颗年青的，母性的，灼热的心，在腔子里跳着，然而那使这些心跳动的男子，这时节却默然坐在那大路旁，低头默想种种逃遁的方法，人间可笑的事情，真没有比这个更可笑了。

他望到仆人五羊甜睡的脸，自己又深恐有人来不敢睡去。他想起那寨边等候他来的一切女人情形，微凉的新秋的风在脸上刮，柔软的猺人的歌声飘荡到各处，一种暧昧的新生的欲望摇撼到这个人的灵魂，他只有默默的背诵着天王护身经请神保佑。

神保佑了他的仆人，如神巫优待他的仆人一样，所以花帕族女人不应当得到的爱情，仍然没有谁人得到。神巫是在众人回家以后的薄暮，清吉平安来到云石镇的。

到了住身的地方时，东家的院后大刺桐树上，正叫着猫头鹰。五羊放下了肩上的法宝，摇着头说：

"猫头鹰，猫头鹰，白天你虽然无法睁开眼睛，不敢飞动，你仍然不失其为英雄啊！"

那树上的一匹猫头鹰，像不欢喜这神巫仆人的赞美，扬起翅膀飞去了。神巫望到这个从龙朱矮奴学来乖巧的仆人微笑，坐下去，接受老族总双手递来的一杯蜜蜂茶。

到了夜晚，云石镇的箭坪前便成立了一座极堂皇的道场。

晚上的事

松明，火把，大牛油烛，依秩序一一燃点起来，照得全坪通明如白昼。那个野猪皮鼓，在五羊手中一个皮槌重击下，蓬蓬作响声闻远近时，神巫戎装披挂上了场。

他头缠红巾，双眉向上直竖。脸颊眉心擦了一点鸡血，红缎绣花衣服上加有朱绘龙虎黄纸符箓。手执铜刀和镂银牛角。一上场便在场坪中央有节拍的跳舞着，还用呜咽的调子念着娱神歌曲。

他双脚不鞋不袜，预备回头赤足踹上烧得通红的钢犁。那健全的脚，那结实的腿，那活泼的又显露完美的腰身旋折的姿势，使一切男人羡慕一切女子倾倒。那在鼓声蓬蓬下拍动的铜叉上圈儿的声音，与牛角呜呜喇喇的声音，使人相信神巫的周围与本身，全是精灵所在。

围看跳傩的将近一千人，小孩子占了五分之一，女子们占了五分之二，成年男子占了五分之二，一起在坛边成圈站定。小孩子善于唱歌的，便依腔随韵，为神巫凑歌。女子们则只惊眩于神巫的精灵附身半疯情形，把眼睛睁大，随神巫身体转动。

五羊这时节虽已酒醒了。但他又沈醉到一种事务中，全部精神集中在主人的踊跃行为上，匀匀的击打着身边那一面鼓。他把鼓槌按拍在鼓边上轻轻的敲，又随即用力在鼓心上打。他有时用鼓槌揉着鼓面，发出一种瘆人的声音，有时又沈重一击戛然停止。他脸为身旁的焚柴火堆熏得通红，头像个饭箩摇摆又摇摆。平时一见女人即发笑的脸上，这时却全无笑容，严重得像武庙那尊泥塑的关夫子了。

神巫把身一踊，把把一脚，再把牛角向空中画一大圈，五羊把鼓声压低下去，另外那个打锣的人也打锣稍停，忽然像从一只大冰柜中倾出一堆玻璃，神巫用他那银钟的喉咙唱出歌来了。

神巫的歌说，

　　你大仙，你大神，睁眼看看我们这里人！
　　他们既诚实，又年青，又身无疾病，
　　他们大人能喝酒，能作事，能睡觉，
　　他们孩子能长大，能耐饥，能耐冷，
　　他们牯牛肯耕田，山羊肯生仔，鸡鸭肯孵卵，
　　他们女人会养儿子，会唱歌，会找她心中欢喜
的情人！
　　…………
　　你大神，你大仙，排驾前来站两边！
　　关夫子身跨赤兔马，
　　尉迟恭手拿大铁鞭！
　　…………
　　你大仙，你大神，云端下降慢慢行！
　　张果老驴上得坐稳，
　　铁拐李脚下要小心！
　　…………
　　福禄绵绵是神恩，

和风和雨神好心，

美酒白饭当前陈，

肥猪肥羊火上烹！

…………

洪秀全，李鸿章，

你们在生是霸王，

杀人放火尽节全忠各有道，

今来坐席又何妨！

…………

慢慢吃，慢慢喝，

月白风清好过河！

醉时携手同归去，

我当为你再唱歌！

…………

神巫歌完锣鼓声音又起，人人拍手迎神，人人还呐
喊表示欢迎那个唱歌的神的仆人。神巫如何使神驾云乘
雾前来降福，是人不能明白知道的事，但神巫的歌声，

与他那种优美迷人的舞蹈，却已先在云石镇上人人心中得到幸福与欢喜了。

神巫迎神歌唱完，帮手的宰好的猪羊心献上，神巫在神面前作揖，磕头，风车般翻了三十六个筋斗，鼓声转沈，神巫把猪羊心丢到铁锅里去，用手咬诀，喷一口唾沫，第一堂法事就完结了。

神巫退下坛来时，坐到一张板凳上休息，把头上的红巾除去，首事人献上蜜茶，神巫一手接茶一手抹除额上的汗渍。这时节，一些顽皮小孩子，已把五羊包围着了，争着抢五羊手上的鼓槌，想打鼓玩。五羊站到一张凳上不敢下来，大声咤叱那顶顽皮的正在扯他裤头的孩子。神巫这一面，则有族总，地保，甲长，与几个上年纪的地方老人陪着。

场坪上，各处全是火炬，树上也悬挂得有红灯，所以凡是在场的人皆能互相望到。神巫所在处，靠近神像边，有大如人臂的天烛，有火燎，有七星灯；所以更见得光明如昼。在火光下的神巫，虽作着神的仆人的事业，但在一切女人心中，神不可知的则数目也不可知，有凭有据的神却只应有一个，就是这神巫。他才是神。因为他有完美的身体与高尚的灵魂。神巫为众人祈福，人人皆应感谢神巫，不过神巫歌中所说的一切神，从玉皇大帝到李鸿章，若果真有灵，能给云石镇以幸福，就应人把神巫分给花帕族所有的好女子，至少是这时节应当让他来在花帕族女人面前，听那些女人用敷有蜜的情歌摇动他的心，不合为一些年老男子包围保护！

这样的良夜，风又不冷，满天是星，正适宜于年青人在洞中幽期密约，正适宜于在情妇身边放肆作一切顽皮的行为，正适宜于倦极做梦。把来到云石镇唱歌娱神的神巫，解下了法衣，放下了法宝，科头赤足来陪一个年青花帕族女人往无人处去，并排坐到一个大稻草积上看天上的流星，指点那流星落去的方向，或者用药面喂着那爱吠的黄狗，悄悄从竹园爬过一重篱到一个女人窗下去轻轻拍窗边的门，女人把窗推开援引了这人进屋，神见到这天气，见到这情形，神也不至于生气！

为了神巫外貌的尊严，以及老年人保护的周密，一切女人真是徒然有了这美貌，徒然糟塌了这一年无多几日的天气。各人的野心虽大，却无一个女人能勇敢的将神巫从火光下抢走。虽说"爱情如死之坚强"，然而任何女

神巫之爱

人，对这神巫建设的堡垒，也无从下手攻打。

休息了一会，第二次神巫上场，换长袍为短背心，鼓声蓬蓬打了一阵，继着是大铜锣铛铛的响起来，神巫吹角，角声上达天庭，一切情形复转热闹，正做着无涯好梦的人全惊醒了。

第一次法事为献牲，第二次法事为祈福。

祈福这一堂法事，情形与前一次完全两样了，照规矩，神巫得把所有在场的人叫到身边来，瞪着眼，装着神的气派，询问这人想神给他什么东西，这人实实在在说过心愿后，神巫即向鬼王瞪目，再向天神磕头，用铜剑在这人头上一画完事。在场的人若太多时，则照例只推举十来个人出场，受神巫的处置，其余也同样得到好处了。因为在大傩中的人，请求神的帮助，不出几件事：要发财，要添丁，要家中人口清吉，要牛羊孳乳，要情人不忘恩负义。纵有些人也有希望凭了神的保佑将仇人消灭的，这类不合理要求，当然无从代表，然而互相向神纳贿，则互相了销，神的威灵仿佛独于这一件事无应验，所以受神巫处置的纵多，也不能出二十个人以上。

锣鼓惊天动地的打，神巫翘起一足旋风般在场中转，只要再过一阵，把表一上，就应推举代表向前请愿了，这时在场年青女人，都有一种野心，想在对神巫诉愿时，说着请求神把神巫给她的话。在神巫面前请求神许可她爱神巫，也得神巫爱她，是这样，神就算尽了保佑弱小的职分了。在场一百左右年青女人，心愿莫不是要神帮忙，使神巫的身心归自己一件事，所以到了应当举出年青女人向神请愿时，因为一种隐衷，人人皆说事是私事，只有各自向神巫陈说最好。

众女人为这事争持着，尽长辈排解也无法解决，显然明白今夜的事情糟。男子流血女人流泪全是今夜的事。他只默然不语，站在场坪中火堆前，火光照曜到这英雄如一个天神。他四顾一切争着要祈福的女人，全有着年青美健的身体与洁白如玉的脸额，全都明明白白的把野心放在衣外，企图与这年青神之子接近。各人的竞争，即表明各人的爱心的坚固，得失之间各人皆具有牺牲的决心。

族中当事人，也有女侄在内，情形也大体明白了，劝阻无效，只有将权利付之神巫自己。

那族中最年高的一个，见到自己两个孙女也包了花

　　　　　　　　神巫之爱

格子布巾在场，照例族中的尊严，是长辈也无从干预年青人恋爱，他见到这事情争持下去也不会有结果，于是站到凳上去，宣告自己的意见。

他先拍掌把一切的纷扰镇平，演说道：

"花帕族的姊妹们，请安静，听一个痴长九十一岁的人说几句话。

"对于祈福你们不愿意将代表举出，这是很为难的。你们的意见，是你们至上的权利，花帕族女人纯洁的心愿，我不能用高年来加以干预。我并不是不明白你们的意思。只是很为难，今天这大傩是为全镇全族作的，并不是我个人私有；也不是几个姊妹们私有。这是全镇全族的利益。这傩事，应当属于在场的公众，所以凡近于足以妨碍傩事的个人利益要求，我们是有商量考虑的必要。

"如今的夜晚天气并不很长，这还是新秋，这事也请诸位注意。若果照诸位希望，每一个人，（有女人就说，并不是每一人，是我们女人！）是的，单是女子，让我来数数罢，一五，一十，十五，二十……这里像你们这样年青的姑娘，共七十五个。或者还不止。试问七十五个女人，来到神巫身前，把心愿诉尽，又得我们这可敬爱的神巫——了愿，是作得到的事么？你们这样办，你们的心愿神巫是知道了（他觉得说错了话又改口说），你们的心愿神已知道了，只是你们不觉得使神巫过于疲倦是不合理的事吗？这样一来到天亮还不能作第三堂法事，你们不觉得这是妨碍了其他人的利益与事务吗？

"我花帕族的女人，全知道自由这两个字的意义的。她知道自己的权利也知道别人的权利，你们可以拿你们自己所要求的去想想。"

有女人就说："我们想过了，这事情我们愿意决定于神巫，他必能给我们公平的办法。"演说的老人就说道：

"这是顶好的，既然这样，我们就把这事情请我们所敬爱的神巫来解决。来，第二的龙朱，告我们事情应当怎么办。（他向神巫）你来说一句话，事情由你作主。（女人听到这个话后全体拍手喊好）

"不过，姊妹们，不要因为太欢喜忘了我们族中女子美德了！诸位应记着花帕族女人的美德是热情的节制，男子汉才需要大胆无畏的勇敢！我请你们注意，就因为不要为我们尊敬的神巫见笑。

"诸位，安静一点，听我们的师傅吩咐罢。"

女人中，虽有天真如春风的，听族长谈到花帕族女人的美德，也安静下来了。全场除了火燎爆裂声外，就只有谈话过多的老年族总喉中发喘的声音。

神巫还是身向火燎低头无语，用手扣着那把降魔短剑。

打鼓的仆人五羊，低声说道：

"我的主，你不要迟疑了，我们的神是对于年青女人请求从不曾拒绝，你是神之子，应照神意见行事。"

"神的意见是常常能使他的仆人受窘的！"

"就是这样也并无恶意！应当记着龙朱的言语；年青的人对别人的爱情不要太疏忽，对自己的爱情不要太悭吝。"

神巫想了一会，就抬起头来，朗朗说道：

"诸位伯叔兄弟，诸位姑嫂姊妹，要我说话我的话是很简单的。神是公正的，凡是分内的请求他无拒绝的道理。神的仆人自然应为姊妹们服务，只请求姊妹们把希望容纳在最简单的言语里，使时间不至于耽搁过多。"

说到此，众人复拍手，五羊把鼓打着，神巫舞着剑，第一个女人上场到神巫身边跪下了。

神巫照规矩瞪眼厉声问女人，仿佛口属于神，眼睛也应属于神，自己全不能审察女人口鼻眼的美恶。女人轻轻的战栗把她的愿心说出，她说：

"师傅我并无别的野心，我只请求神让我作你的妻，就是一夜也好。"

神巫听到这吓人的愿心，把剑一扬，喝一声"走"，女人就退了。

第二个来时，说的话却是愿神许他作她的夫，也只要一天就死而无怨。

第三个意思也不外乎此，不过把话说得更委婉一点。

第四第五……照秩序下去全是一个样子，全给神巫瞪目一喝就走了。人人先仿佛觉到自己无希望说给这人听过后，心却释然，以为别的女子也许野心太大请神帮忙的是想占有神巫全身，所以神或者不能效劳，至于自己则所望不赊，神若果是慈悲的，就无有不将怜悯扔给自己的道理。人人仿佛向神预约了一种幸福，所有的可以作为凭据的券就是临与神巫离开时那一瞪。事情的举行出人意料的快，不到一会在场想与神巫接近一致心事

　神巫之爱

的年青女人就全受福了。女人事情一毕，神巫稍稍停顿了跳跃，等候那另外一种人的祈福，在这时，忽然跑过了一个不到十六岁的小女孩，赤了双脚，披了长长的头发，像才从床上爬起，穿一身白到神巫面前跪下，仰面望着神巫。

神巫也瞠目望女人，望到女人一对眼，黑睛白仁像用宝石镶成，才从水中取出安置到眶中，那眼眶，又是《庄子》一书上的巧匠手工做成的。她就只把那双眼睛瞅定神巫，她的请求简单到一个字也不必说，而又像是已经说得太多了。

他这光景下有点眩目，眼睛虽睁大，不是属于神，应属于自己了。他望到这女人眼睛不旁瞬，女人也不做声，眼中却像是那么说着："跟了我去罢，你神的仆，我就是神！"

这神的仆人，可仍然把心镇住了，循例的大声的喝道：

"什么事，说！"

女人不答应还是望到这神巫，美目流眄，要说的依然像是先前那种意思。

这神巫有点迷乱，有点摇动了，但他不忘却还有一百左右的花帕族美貌年青女子在周围，故旋即吼问了一声是为什么事。

女人不作答，从那秀媚通灵的眼角边浸出两滴泪来了。仆人五羊的鼓声催得急促，天空西南角上正坠下一大流星，光芒如月，神巫望到这眼边的泪，忘了自己是神的仆人了，他把声音变成夏夜一样温柔，轻轻的问道：

"洞府中的仙姊妹，你有什么事你尽管说。"

女人不答理，他又更柔和的说道：

"你仆人是世间一个蠢人，有命令，吩咐出来我照办。"

女人到此把宽大的衣袖，擦干眼泪，把手轻轻抚摩神巫的脚背，不待神巫扬起铜剑先自退下了。

神巫正想去追赶她，却为一半疯老妇人拦着请愿，说是要神帮她把战死的儿子找回，神巫只好仍然作着未完的道场，跳跳舞舞把其余一切的请愿人打发完事。

第二堂休息时，神巫蹙着双眉坐在仆人五羊身边。五羊看师傅神色不大对劲，蹲到主人脚边低声问主人为什么这样忧郁。这仆人说：

"我的主，我的神，什么事使你烦恼到这样子呢？"

神巫说:"五羊我这时比往日颜色更坏吗?"

"在一般女人看来,你比往日更显得骄傲。"

"我的骄傲若使这些女人误认而难堪,那我仍得骄傲下去。"

"但是,难堪的或者是另外一个人! 一个人能勇敢爱人,在爱情上勇敢即失败也不会难堪的。难堪只是那些无用的人所有的埋怨。不过,师傅,我说你有的却只是骄傲。"

"我不想这样骄傲了,无味的贪婪我看出我的错来了。我愿意做人的仆,不愿意再做神的仆了。"

五羊见到主人的情形,心中明白必定是刚才请愿祈福一堂道场中,主人听出许多不应当听的话了,这乖巧仆人望望主人的脸,又望望主人插到米斗里那把降魔剑,心想剑原来虽然挥来挥去,效力还是等于面杖一般。大致一切女人的祈福,归总只是一句话,就是请神给这个美丽如鹿骄傲如鹤的神前仆人,即刻为女人烦恼而已。神显然是答应了所有女人的请愿,所以这时神巫当真烦恼了。

祈了福,时已夜半,在场的人,明天有工做的男子,都回家了，玩倦了的小孩子，也回家了，应当照料小孩饮食的有年纪女人，也回家了。场中人少了一半，只剩下了不少青年女人，预备在第四堂法事末尾天将明亮满天是流星时与神巫合唱送神歌，就便希望放在心上向神预约下来的幸福，询问神巫是不是可以实现应当如何努力方能实现。

看出神巫的骄傲，是一般女子必然的事，但神巫相信那最后一个女人，却只会看出他的忧郁。在平时，把自己属于一人或属于世界，良心的天秤轻重分明，择重弃轻他就尽装骄傲活下来。如今天秤已不同了。一百个或一千个好女人，虚无的倾心，精灵的恋爱，似乎敌不过一个女子实际的物质的爱较受用了。他再也不能把在世界上有无数青年女子对他倾心的事引为快乐，却甘心情愿自己对一个女人倾心来接受烦恼了。

他把第三堂的法事草草完场，于是到了第四堂。在第四堂末了唱送神歌时，大家应围成一圈，把神巫圈在中间，把稻草扎成的蓝脸大鬼抛掷到火中烧去，于是打鼓打锣齐声合唱。神巫在此情形中，去注意到那穿白绒布衣的女人，却终无所见。他不能向谁个女子探听那小女孩属姓，又不能把这个意思向族总说明，只在人中去找寻。他在许多眼睛中去发现那熟习的眼睛，在一些鼻子中发现鼻子，在一些小口中发现那小口，结果全归失败。

把神送还天上，天已微明了。道场散了，所有花帕族的青年女子除了少数性质坚毅野心特大的还不愿离开神巫，其余女人均负气回家睡觉去了。

随后神巫便随了族总家扛法宝桌椅用具的工人返族总家，神巫后面跟得是一小群年青女人，天气微寒，各人皆披了毯子，这毯子本来是供在野外情人作坐卧用的东西，如今却当衣服了。女人在神巫身后，低低的唱着每一个字全像有蜜作馅的情歌，直把神巫送到族总的门外。神巫却颓唐丧气，进门时头也不曾掉回。

第二天的事

　　神巫思量在云石镇逗留三天，这意见直到晚上做过第二堂道场才决定。这神的仆人，当真愿意弃了他的事业，来作人的仆人了。

　　他耳朵中听过上一千年青女人的歌声，还能矜持到貌若无动于心。他眼见过一千年青女人向他眉目传语，他只闭目若不理会。就是昨晚上，在第二堂道场中，将近一百个女人，来跪到这骄傲人面前诉说心中的愿望，他为了他的自尊与自私，也俨然目无所睹耳无所闻，只大声咤叱行使他神仆的职务。但是一个不用言语诉说的心愿，呆在他面前不到两分钟，却为他猜中非寻找这女人不可了。

见到主人心不自在的仆人五羊，问他主人说：

"师傅，你试差遣你蠢仆去做你所要做的那件事吧，天上人参果，地下八宝精，你要我便找得着！"

"事情是神所许可的事，却不是我应当做的事！"

"既然神也许可，人还能违逆神吗？逆违神的意见，地狱是在眼前的。"

"你是做不到这事的，因为我又不愿意她以外另一人知道我的心事。"

"我准可以做到，只要师傅把那人的像貌说出来，我一定要她来同师傅相会。"

"你这个人只是舌头勇敢，别无能耐！"

"师傅！你说！你说！金子是在火里炼得出来的，我的能力要做去才知道。"

"你这人，我对你的酒量并不怀疑，只是吃酒以外的事简直无从信托你。"

"试试这一次罢。师傅你若相信各样的强盗也可以进爱情的天堂，那么，一个欢喜喝一杯两杯酒的人为什么不能当一点较困难的差事呢？"

神巫不是龙朱，五羊却已把矮奴的聪明得到，所以神巫不能不首肯了。

神巫就告给他仆人，说是那白衣的女人他一见就如何钟情。因为女人是最后一个来到场中受福，五羊也早将这女人记在心上了。五羊说这多容易。请师傅放心，在此等候好消息，神巫只好点首应允，五羊笑了笑就去了。

去了半天还不回来，神巫心上有点着急。天气实在太好了，在这样日光下杀人也像不是罪过。神巫想自己出门走走，又恐怕没有那个体己仆人在身边，外面碰到花帕族女人包围时无法脱身。他悔不该把五羊打发出门，因为他知道这地方的烧酒十分出名，五羊还不知到什么时候始能醉醺醺的回家。

族总知道神巫极怕女人麻烦，所以特把他安置到一个单独院落里。

神巫因为寂寞，又不能睡觉，就从旁门走过族总住的正院去找人谈话，到了那边，人全出门了，只见一个小孩坐在堂屋青石板地下不起，用手蒙脸哭唤。这英雄把孩子举起逗孩子发笑，孩子见了生人抱他，便不哭了，只睁了眼看望神巫。神巫忽然觉得这眼睛是极熟习的谁一个人的眼睛了。他想了一会，记起了昨夜间那个人。他又望望孩子身上所穿的衣服，也就正是昨夜那女人所穿一个样子白色。他正在对小孩子发痴，以为这凑巧很可注意，那一边门旁一个人赫然出现，他手忙脚乱不知所措，把小孩放下怔怔望着那人无言无语。原来这就正是昨夜那个请愿求神的少年女子。在日光下所见到的女人颜色，如玉如雪，更其分明。女人精神则如日如霞。这晤面显然也出于她的意外，微惊中带着惶恐，用手扶定门框，对神巫出神。

"我的主人，昨夜里在星光下你美丽如仙，今天在日光下你却美丽如神！"

女人好像腼腆害羞，不作回答，还是站立在那里不动。

神巫于是又说道：

"神啊！你美丽庄严的口辅，应当为命令愚人而开的，我在此等候你的使唤。我如今已从你眼中望见了天堂，就即刻入地狱也死而无怨。"

小孩子，这时见到了女人，踊跃着要女人抱他，女人低头无声走到孩子身边来，把孩子抱起，放在怀中，用口吮着小孩的小小手掌，温柔如观音菩萨。

神巫又说道：

"我生命中的主宰，一个误登天堂用口渎了神圣的尊严的愚人，行为如果引起了你神圣的憎怒，你就使他到地狱去吧。"

女人用温柔的眼睛，望了望这个人中模型善于辞令的美男子，却返身走了。

神巫是连用手去触这女人衣裙的气概也消失了的，见到女人走时也不敢走上去把女人拦住，也不能再说一句话，女人将身消失到芦帘背后以后，这神的仆人，惶遽情形比失去了所有法宝还可笑，一无可作，只站到堂屋正中搓手。

他不明白这是神的意思，还是因为与神意思相反，所以仍然当面错过了这个机会。

照花帕族的格言而说，"凡是幸运它同时必是孪生"。神巫想起这个格言，预料到这事只是起始，不是结局，所以并不十分气馁，回到自己住屋了。

但他的心是不安定的，他应当即刻就知道一切详细。

　　　　　　　　　　　　　神巫之爱

他不能忍耐等到仆人五羊回来，报告消息，却决定要走出去找五羊向他方面打听去了。

正准备起身出门时节，五羊却忙匆匆的跑回来了，额上全是大汗，一面喘气一面用手抹额上的汗，脸上笑容荡漾像迎喜时节的春官。

"舌头勇敢的人，你得了些什么好消息了呢？"

"主的福分，我把师傅要知道的全得到了。我在三里外一个地方见到那人中的神了，我此后将一世唱赞美我自己眼睛有福气的歌。"

"我只怕你见到的是你自己眼中的酒神？还是喝一辈子的酒吧。"

"我可以赌咒，请天为我作证人。我向师傅撒谎没有利益可言。我这时的眼睛有光辉照耀，可以证明我所见不虚。"

"在你眼中放光的，我疑心那只是一匹萤火虫，你的聪明是只能证实你的眼浅的。"

"冤阔！谁说天上日头不是人人明白的东西？世上瞎眼人也知道日头光明，你当差的就蠢到这样吗？"这时他想起另外证据来了。"我还有另外证据在这里，请师傅过目。这一朵花它是有来由的。"

仆人把花呈上，一朵小小的蓝野菊，与通常遍地皆生的东西一个样子，看不出它有什么特异处。

"饶舌的东西，我不明白这花有什么用处？"

"你当然不明白它的用处。让我来替这菊花向师傅诉说罢。我命运是应当在龙朱脚下揉碎的，谁知给一个姑娘带走了，我坐到姑娘发上有半天，到后跌到了一个……哈哈，这样的因缘我把这花带回来了。我只请我主，信任这不体面的仆人，天堂的路去此正自不远，流星虽美却不知道那一条路径。"

"我恐怕去天堂只有一条路径。"神巫意思是他自己已先到过天堂了。

"就是这不体面仆人所知道的一条！"

"有小孩子没有？"

"师傅，罪过！让我这样说一句撒野的话罢，那'圣地'是还无人走过的路！那宝田还不曾被谁下种！"

神巫听到此时不由得不哈哈大笑，微带嗔怒的大声说道：

"不要在此胡言谵语了，你自己到厨房找酒喝去吧。

你知道酒味比知道女人多一点。你这家伙的鼻子是除了辨别烧酒以外没有其他用处的。你去了吧！你只到厨房去，在喝酒以前，为我探听族总家有几个姑娘年在二十岁以内，还有一个孩子是这个人的儿子。听清我的话没有？"

仆人五羊把眼睛睁得多大，不明白主人的用意。他还想分辩他所见到的就是主人所要的一个女人。他还想在知识上找出一点证据。可是神巫把这个人轻轻一推，他已跟跟跄跄跌到门限外了。他喊道，师傅，听我的话！神巫却匆的把门关上了。这仆人站到门外多久，想起必是主人还无决心，又想起那厨房中大缸的烧酒，自己的决心倒拿定了，就撅嘴蹩脚向大厨房走去。

五羊去了以后，神巫把那一朵小小蓝菊花拿在手上，这菊花若能说话就好了！他望到这花觉到无涯的幸福，这幸福倒是自己所发现，并不必靠自谦为不体面的仆人所禀白的。他不相信他刚才所见到的是另外一个女人，他不相信仆人的话有一句可靠。一个太会说话了的人，所说的话常常不是事实，他不敢信任五羊仆人也就是这种理由。

不过，平时诚实的五羊，今日又不是大醉，所见到的人当然也必美得很。这女人可是谁家的女人？若这花真从那女人头上掉下，则先一刻在前面院子所见到的又是谁？如果"幸福真是孪生"，女人是孪生姊妹，神巫在选择上将为难不知应当如何办了。在两者中选取一个，将用什么为这倾心的标准？人世间不缺少孪生姊妹，可不闻有孪生的爱情。

他胡思乱想了大半天。

他又觉得这决不会错误，眼睛见到的当然比耳朵听来的更可靠，人就是昨夜那个人！但是这儿子属于谁的种根？这女子的丈夫是谁？……这朵花的主人又究竟是谁？……他应当信任自己，信任以后又有何方法处置自己？

这时节，有人在外面拍掌，神巫说，进来！门开了，进来一个人。这人从族总那边来，传达族总的言语，请师傅过前面谈话。神巫点点头，那人就走了。神巫一会儿就到了族总正屋，与族总相晒于院中太阳下。

"年青的人呀，如日如虹的丰神，无怪乎世上的女人都为你而倾心，我九十岁的老人了一见你也想作揖！"

神巫含笑说：

"年深月久的树尚为人所尊敬，何况高年长德的人？江河的谦虚因而成其伟大，长者对一个神前的仆人优遇，他不知应如何感谢这人中的大江！"

"我看你心中的有不安样子，是不是夜间的道场疲倦了你？"

"不，年长的祖父。为地方父老作的事，是不应当知道疲乏的。"

"是饮食太坏吗？"

"不，这里厨子不下皇家的厨子，每一种菜单单看看也可以使我不厌！"

"你洗不洗过澡了？"

"洗过了。"

"你想到你远方的家吗？"

"不，这里住下同自己家中一样。"

"你神气实在不妥，莫非有病。告给我什么地方不舒畅？"

"并无不舒畅地方，谢谢祖父的惦念。"

"那或者是病快发了，一个年青人照例免不了常被一些离奇的病缠倒的。我猜必定是昨晚上那一群无知识的女人扰乱了你。这些年青女孩子，是常常因为人太热情的原故，忘了言语与行动的节制的。告给我，她们中谁个在你面前说过狂话的没有？"

神巫仍含笑不语。

族总又说：

"可怜的孩子们！她们太热情了，也太不自谅了。她们都以为精致的身体应当尽神巫处置成为妇人。都以为把爱情扔给人间美男子为最合理的事。她们不想想自己野心的不当，也不想想这爱情的无望。她们直到如今还只想如何可以麻烦神巫就如何做，我这无用的老人，若应当说话，除了说妒忌你这年青好风仪以外，不知道尚可以说什么话了。"

"祖父，若知道晚辈的心如何难过，祖父当同情我到万分。"

"我为什么不知道你难过处？众女子千中选一，并无一个够得上配你，这是我知道的。花帕族女子虽出名的美丽，然而这仅是特为一般年青诚实男子预备的。神为了显他的手段，仿照了梁山伯身材造就了你，却忘了造那个祝英台了！"

"祖父，我倒并不这样想！为了不辜负神使我生长得中看的好意，我应当给一个女子作丈夫的。只是这女子……"

"爱情不是为怜悯而生，所以我并不希望你委屈于一个平常女子脚下。"

"天堂的门我已无意中见到了，只是不知道应当如何进去。"

"那就非常好！体面的年青人，我愿意你的聪明用在爱情上比用在别的事还多，凡是用得到我这老人时，老人无有不尽力帮忙。"

"……"神巫欲说不说，蹙了双眉。

"不要愁！爱情是顶顽皮的，应当好好去驯服。也不要把心煎熬到过分。你烦闷，何不出去走走呢？若想打猎，拿我的枪，骑我的马，同你仆人到山上去罢。这几日那里可以打到很肥的山鸡，怕人注意你顶好戴一个面具去。不过我想来这也无多大用处，一个瞎子在你身边也会觉得你是体面的。就是这样子去罢。乘此可以告给一切女人，说心已属了谁，那以后或者也不至于出门受麻烦了。天气实在太好了，不应当辜负这好天气。"

．．．．．．．．．．．

神巫骑马出门了，马是自己那一匹，从族总借来的长枪则由五羊抗上。抗着长枪跟在马后的五羊，肚中已灌满麦酒与包谷酒了，出得门来听到各处山上的歌声，这汉子也不知不觉轻轻的唱起来。

他停顿了一脚，望望在前面马上的主人，却唱道：

> 你用口成天唱歌的花帕族女人，
> 你们的爱情全是失败了。
> 那骑白马来到镇上的年青人，
> 已为一个穿白衣的女人用眼睛抓住了。
> ．．．．．．．．．．．
> 你花帕族的男人，
> 要情人到别处赶快找去！
> 从今天起始族中的女人，
> 把爱情将完全变成妒嫉！

神巫回过头来说：

"好好为我把口合拢，不然我要用路上的泥土塞满你的嘴巴了！"

五羊因为有点儿醉了，慢一步，停留下来，稍与神巫距离远一点，仍然唱道：

> 我能在山中随意步行，
> 全得我体面师傅的恩惠，
> 我师傅已不怕花帕族女人，
> 我决不见女人就退。
> …………
> 你唱歌想爱神巫的乖巧女人，
> 此后的歌应当改腔改调！
> 那神巫如今已为一个女子的情人，
> 你的歌当问他仆人"要爱情不要？"

神巫在马上仍然听到这歌了，又回过头来，望着这醉人情形，带嗔的说道：

"五羊，你当真想吃马屎是不是？"

五羊忙解释，说只是因为牙齿发酸，非哼哼不行，所以一哼就成歌了。

"既然这样，我明天当为你把牙齿拔去，看还痛不痛。"

"师傅，那么我以后因为拔牙时疼痛的原故，可以成年哼了。"

神巫见这仆人醉时话比醒时多一倍，不可理喻，就只有尽他装牙痛唱歌。自己打马上前走了。马一向前跑，谁知这仆人因为追马，倒仿佛牙齿即刻就不发酸歌也唱不出了。一跑跑到了个溪边，一只水鸭见有人来振翅乎乎飞去，五羊忙收拾枪交把主人，等到主人举枪瞄准时，那水鸟已早落到远处芦丛中不见了。

"完了。龙朱仆人说：凡是笼中畜养的鸟一定飞不远。这只水鸭子可不是家养的！我们慢慢的沿这小溪向前走罢，师傅。"

神巫等候了一阵，不见这水鸭子出现，只好照五羊意见走去。这时五羊在前，因为溪边路窄，他牵马。走了一会五羊好像牙齿又发生了毛病，哼起来了。

笼中畜养的鸟它飞不远，
家中生长的人却不容易寻见。

我若是有爱情交把女子的人，

纵半夜三更也得敲她的门。

　　神巫在五羊说出门字以前就勒着了马。他不走了，昂首望天上白云，若有所计画。

　　"主人，古怪，你把马一勒，我这牙齿倒好了，要唱歌也唱不来了。"

　　"你少作怪一点！你既然说那个人的家，离这里不远，我们就到她家中去看看吧！"

　　"要去也得一点礼物，我们应向山神讨一双小白兔才像样子！"

　　"好，照你主意吧，你安置一下。"

　　五羊这时可高兴了。照习惯打水边的鸟时可以随便，至于猎取山上的小兽与野鸡，便应当同山神通知一声。通知山神办法也很简便，只是用石头在土坑边或大树下砌一堆，堆下压一绺头发与青铜钱三枚，设此的人略一致术语，就成了。有了通知便容易得到所想得的东西。故此时五羊即来办理这件事。他把石头找得，扯下了自己头发一小绺，摸出三个小钱，蹲下身去，如法泡制。

骑在马上的神巫，等候着，望着遥天的云彩，一声不响。

不知是山神事忙，还是所有兔类早得了山神警戒不许出穴，主仆两人在各处找寻半天的结果，连一匹兔的影子也不曾见到。时间居然不为世界上情人着想，夜下来了。黄昏薄暮中的神巫，人与马停顿在一个小土阜上面，望云石镇周围各处人家升起的炊烟，化成银色薄雾，流动如水如云，人微疲倦，轻轻打着嗯哨回了家。

第二天晚上的事

回家的神巫，同他的仆人把饭吃过后，坐在院中望天空。蓝天里全是星子。天比平时仿佛更高了。月还不上来，在星光下各地各处叫着纺车娘，声音繁密如落雨，在纺车娘吵嚷声中时常有妇女们清呖宛转的歌声，歌声的方向却无从得知。神巫想起日间的事，说：

"五羊，我们还是到你说的那个地方去看看吧。"

"主人，你真勇敢！一出门，不怕为那些花帕族女人围困吗？"

"我们悄悄从后面竹园里出去！"

"为什么不说堂堂正正从前门出去？"

"就从前门出去也不要紧。"

"好极了，我先去开路。"

五羊就先出去了，到了山外边，耳听岗边有女人的嬉笑，听到芦笛低低的呜咽。微风中有栀子花香同桂花香。举目眺望远处，一堆堆白衣裙隐显于大道旁，不下数十，全是想等候神巫出门的痴心女人。这些女人不知疲倦的唱歌，只想神帮助她们，凭了好喉咙把神巫的心揪住，得神巫见爱。她们将等候半夜或一整夜，到后方各自回家。天气温暖宜人，正是使人爱悦享乐的天气。在这样天气下，神巫的骄傲，决不是神许可的一件事，因此每个女人的自信也更多了。

神巫的仆人五羊，见到这个情形，打算打算，心想还是不必要师傅勇敢较好，就走转身向神巫住处走去报告外面一切光景。

"看到了些什么了呢？"

"……"五羊只摇头。

"听到了些什么了呢？"

"……"五羊仍然摇头。

神巫就说：

"我们出去吧，若等待绊脚石自己挪移，恐怕等到天亮也无希望出去了。"

五羊微带忧愁答道：

"倘若有办法不让绊脚石挡路，师傅，我劝你还是采用那办法吧。"

"你不还讥笑我说那是与勇敢相反的一种行为么？"

"勇敢的人他不躲避牺牲，可是他应当躲避麻烦。"

"在你的聪明舌头上永远见出师傅的过错，却正如在龙朱仆人的舌头上永远见出龙朱是神。"

"就是一个神也有为人麻烦到头昏情形的时候，这应当是花帕族女人的罪过，她们不应当生长得这样美丽又这样多情！"

"骗子，少说闲话罢。一切我依你了。我们走。"

"是吧，就走。让花帕族所有年青女人因想望神巫而烦恼，不要让那被爱的花帕族一个女人因等候而心焦。"

他们于是当真悄悄的出了门，从竹园翻篱笆过田坎，他们走的是一条幽僻的小路。忠实的五羊在前，勇壮的神巫在后，各人用牛皮面具遮掩了自己的脸庞，匆匆的走过了女人所守候的寨门，走过了女人所守候的路亭。

到了无人的路上时，五羊回头望了一望，把面具从脸上取下，向主人憨笑着。

神巫也想把面具卸除，五羊却摇手。

"这时若把它取下，是不会有人来称赞我主的勇敢的！"

神巫就听五羊的话，暂时不脱面具。他们又走了一程。经过一家门前，一个稻草堆上有女人声音问道：

"走路的是不是那使花帕族女人倾倒的神巫？"

五羊代答道：

"大姊，不是，那骄傲的人这时应当已经睡觉了。"

那女人听说不是，以为问错了，就唱歌自嘲自解，歌中意思说：

　　　　一个心地洁白的花帕族女人，

　　　　因为爱情她不知道什么叫作羞耻。

　　　　她的心只有天上的星能为证明，

　　　　她爱那人中之神将到死为止。

神巫不由得不稍稍停顿了一步。五羊见到这情形，恐怕误事，就回头向神巫唱道：

> 年青人不是你的事你莫管，
> 你的路在前途离此还远。

他又向那草堆上女人点头唱道：

> 好姑娘你心中凄凉还是唱一首歌，
> 许多人想爱人因为哑可怜更多！

到后就不顾女人如何，同神巫匆匆的走去了。神巫心中觉得有点难过，然而不久又经过了一家门外，听到竹园边窗口里有女人唱歌：

> 你半夜过路的人，是不是神巫的同乡？
> 你若是神巫的同乡，足音也不要去得太忙；
> 我愿意用头发把你脚上的泥擦揩，
> 因为它是从那神巫的家乡带来。

五羊听完伸伸舌头，深怕那女人走出来见到主人，或者就实行用头发擦脚的话，拖了神巫就走，担心走慢了点就不能脱身。神巫无法只好又离开了第二个女人。

第三个女人唱的是希望神巫为天风吹来的歌。第四个女人唱的是愿变神巫的仆人五羊。第五个女人唱的是只要在神巫跟前作一次呆事就到地狱去尽鬼推磨也无悔无忌。一共经过了七个女人，到第八个就是神巫所要到的家了。远远的望到那从小方窗里出来的一缕灯光，神巫心跳着不敢走了。

他说，"五羊，不要走向前了吧，让我看一会天上的星子，把神略定再过去。"

主仆两人就在那人家三十步以外的田坎上站定了。神巫把面具取下，昂头望天上的星辰镇定自己的心。天上的星静止不动，神巫的心也渐渐平定了。他嗅到花香，原来那人家门外各处围绕的是夜来香同山茉莉，花在夜风中开放，神巫在一种陶醉中更像温柔熨贴的情人了。

过一会，他们就到了这人家的前面了，神巫以为或者女人是正在等候他，如同其余女子一样的。他以为这里的女人也应当是在轻轻的唱歌，念着所爱慕的人名字。

他以为女人必不能睡觉。为了使女人知道有人过路，神巫主仆二人故意把脚步放缓放沈走过那个屋前。走过了不闻一丝声息，主仆二人于是又回头走，想引起这家女人注意。

来回三次全无影响，一片灯光又证明这一家男子全睡了觉，妇女却还在灯光下做工，事情近于不可理解。

五羊出主意，先越过山茉莉作成的低篱，到了女人有灯光的窗下，听了听里面，就回头劝神巫也到窗下来。神巫过来时，五羊就伏在地上，请主人用他的身体作为垫脚东西，攀到窗边去探望探望这家中情形。神巫不应允，五羊却不起来，所以到后就只得照办了。因为这仆人垫脚，神巫的头刚及窗口，他就用手攀了窗边慢慢的小心的把头在窗口露出。那个窗子原是敞开的，一举头房中情形即一目了然。神巫行为的谨慎，以至于全无声息，窗中人正背窗而坐，低头做鞋，竟毫无知觉。

神巫一看女人正是日间所见的女人，虽然是背影，也无从再有犹豫。心乱了。只要他有勇敢，他就可以从这里跳进去，作一个不速之客。他这样行事任何人都不会说他行为的荒唐。他这种行为或给了女人一惊，但却是所有花帕族年青女人都愿意在自己家中得到机会的一惊。

他望着，只发痴入迷，他忘了脚下是五羊的肩背。

女人正在用稻草心编制小篮，如金如银颜色的草心，在女人手上复柔软如丝绦，神巫凝神静气看到一把草成一只小篮，把五羊忘却，把自己也忘却了。在脚下的五羊，见神巫忍气屏息的情形，又不敢说话，又不敢动，头上流满了汗。这忠实仆人，料不到神巫把应做的事全然忘去，却用看戏心情对付眼前的。

到后五羊实在不能忍耐了，就用手扳主人的脚，无主意的神巫记起了垫脚的五羊，以为五羊要他下来了，就跳到地上。

五羊低声说：

"怎么样？我的主。"

"在里边！"

"是不是？"

"我眼睛若已瞎了，嗅她的气味也知道这个人是谁。"

"那就大大方方跳进去！"

神巫迟疑了。他想起大白天族总家所见到的女子了。

那女子才真是夜间最后祈福的女子。那女子分明在族总家中，且有了孩子，这女人却未必就是那一个。是姊妹，或者那样吧，但谁一个应当得到神巫的爱情？天既生下了这姊妹两个，同样的韶年秀美，谁应当归神巫所有？如果对神巫用眼睛表示了献身诚心的是另一人，则这一个女人是不是有权利侵犯？

五羊见主人又近于徘徊了，就激动神巫说道：

"勇敢的师傅，我不希望见到你他一时杀虎擒豹，只愿意你此刻在这里唱一首歌。"

"你如果以为一个勇敢的人也有躲避麻烦的理由，我们还是另想他法或回去了罢。"

"打猎的人难道看过老虎一眼就应当回家吗？"

"我不能太相信我自己，因为也许另一个近处那只虎才是我们要打的虎！"

"虎若是孪生，打孪生的虎要问尊卑吗？"

"但是我只要我所想要的一个，如果有两个可倾心的人，那我不如仍然作往日的神巫，尽世人永远倾心好了。"

五羊想了想，又说道：

"主人决定虎有两只么？"

"我决定这一只不是那一只。"

"不会错吗？"

"我的眼睛对日头不晕眩，证明我不会把人看错。"

………

五羊要神巫大胆进到女人房里去，神巫恐怕发生错误，将爱情误给了另一个人可不甘心。五羊要神巫在窗上唱一首歌，逗女人开口，神巫又怕把柄落在不是昨夜那年青女人手中，将来成一种笑话，故仍不唱歌。

这时既是夜间，这一家男子白天上山作工疲倦已全睡了。惊吵男当家人既像极不方便，主仆二人就只有站在窗下等待天赐的机会，以为女人或者会到窗边来。其实到窗边来又有什么用处？女人不止过一会儿后即如所希望到窗边来，还倚伏在窗前眺望天边的大星！藏在山茉莉花树下的主仆二人，望到女人仿佛在头上，唯恐惊了女人，不敢作声。女人数了又数天上的星，神巫却度量女人的眼眉距离，因为天无月光不能看清楚女人样子，仍然还无结论。

女人看了一会星，把窗关上，关了窗后不久，就只见一个影子像是脱衣情形在窗上晃，五羊正待要请主人再上他的肩背探望时，灯光熄了。

五羊心中发痒，忍不住了，想替主人唱一首歌，刚一发声口就被神巫用手蒙着了。

"你想作什么蠢事？"

"我将为主人唱一曲歌给这女子听！"

"你不记到着龙朱主仆说的许多聪明话吗？为什么就忘掉畜养在笼中的鸟飞不远那句话呢？"

"主人，口本来不是为唱歌而生的，不过你也忘了多情的鸟绝不是哑鸟的话了！"

"大蒜！"

在平时，被骂为大蒜的五羊，是照例不能再开口，要说话也得另找一个方向才行的。可是如今的五羊却撒野了。他回答他的主人，话说得妙，他说："若尽是这样站下来等着，就让我这'大蒜'生根抽苗也还是无办法的。"

神巫生了气，说："那我们回去。"

"回去也行！他日有人说到某年某月某人的事，我将挽一句话说我的主张只有这一次违逆了主人的命令，我以为纵回去也得唱一首歌，使花帕族女人知道今天晚上的情形，到后是主人不允许，我只得……"

五羊一面后退一面说，一直退到窗下，离神巫有六步后，却重重的咳了一声嗽，又像有意又像无心，头触了墙。激于义愤的五羊，见到主人今夜的妇人气概，想起来真有点不平！

神巫见五羊已到了窗下，恐怕他还要放肆，就赶过去。五羊见神巫走近时，又赶伏身贴地，要主人作先前的事情。神巫用脚轻轻踢了一下这个热心的仆人，仆人却低声唱道：

> 花帕族的女人，你们来看我勇敢的主人！
> 小心到怕使女人在梦中吃惊，
> 男子中谁见到过如此勇敢多情？

神巫急了，就用脚踹五羊的头，五羊还是昂头望主人笑。

在这时，忽然窗中灯光又明了。神巫为之一诧，抓了五羊的肩，提起如捉鸡，一跃就跳过那山茉莉的围篱，到了大路上。

窗中灯光明，亮后，且见到窗上人影子，神巫心跳着，如先前初到此地时情形相同。五羊目睹此时情形哑口无声，且只想蹲下去，希望女人把窗推开时可以不为女人见到。女人似乎已知道屋外有人的事情了。

过了一会，女人当真又到了窗边把窗推开了，立在窗前望天空吁气，却不曾对大路上注意。神巫为一种虚怯心情所指挥，依旧把身体低藏到路旁树下去。他只要女人口上说出自己的名字一次，就预备即刻跃出到窗下去与女人会面，使女人见到神巫时，为自天而下的神巫一惊。

女人的行为，又像是全不知道路上有望她的人，看了一会星，又把窗关上，灯光稍后又熄了。

神巫放了一口气，身心全像掉落在大海里。他仍然不能向前，即或一切看得分明也不行。

五羊忧郁的向神巫请求道：

"主人，让那其余时节口的用处是另一事，这时却来唱一句歌吧。"

神巫又想了半天，只为了不愿意太对不起今夜，点了头。他把声音压低，仰面向星光唱道：

歌人的星我与你并不相识，
我只记得一个女人的眼睛；
这眼睛曾为泪水所湿，
那光明将永远闪耀我心。

过了一会，他又唱道：

天堂门在一个蠢人面前开时，
徘徊在门外那蠢人心实不甘：
若歌声是启辟这爱情的钥匙，
他愿意立定在星光下唱歌一年。

这种歌反复唱了二十次，三十次，窗中却无灯光重现，也再不见那女人推窗外望，意外的失败，使神巫主仆全愕然了。显然是神巫的歌声虽如一把精致钥匙，但所欲启辟的却另是一把锁，纵即或如歌中所说，唱一年也不能得到如何结果了。

神巫在爱情上的失败这还是第一次，他懊恼他自己的失策。又不愿意生五羊的气，打五羊一顿，回到家中就倒到床上睡了。

第三天的事

　　五羊在族总家的厨房中，与一个肥人喝酒。时间是大清早上。吃早饭以后，那胖厨子已经把早上应做事做完，他们就在那灶边大凳上，各用小葫芦量酒，满葫芦酒咽嘟嘟嘟向肚中灌，各人都有了三分酒意。这个人，全无酒意时是另外一种人，除了神巫同谁也难多说话的。到酒在肚中涌时，五羊不是通常五羊了。不吃酒的五羊，话只说一成，聪明的人可以听出两成，五羊有了酒，他把话说一成，若不能听五成就不行了。

　　肥人既然是厨子，原应属于半东家之例的，也有了一点酒意，就同五羊说：

"五羊大爷，我问你，你那不懂风趣的师傅，到底有不有一个女子影子在他心上？"

五羊说：

"哥你真问的怪，我那师傅岂止——"

"有三个——五个——十五个——一百个？"肥人把数目加上去，仿佛很容易。

五羊喝了一口酒不答。

"有几个？哥你说，不说我是不相信的。"

五羊又喝了一口酒，装模作样把手一摊说：

"哥，你相信吧，我那师傅是把所有花帕族女子连你我情人全算在内，都搁在心头上的。他爱她们，所以不将身体交把那一个女子。一个太懂爱情的人都愿意如此做男子，做得到做不到那就看人来了，可是我那师傅——"

"为什么他不把这些女人引到山上每夜去睡一个？"

"是吧，为什么我们不这样办？"

肥人对五羊的话奇怪了，含含糊糊的说：

"哈，你说我们，是吧，我们就可以这样办。天知道，我是怎么处治了爱我的女人！不瞒大哥，不多不少一共十一个。你别瞧我只会做菜。哥，为什么你不学你的师傅！"

"他学我就好了。"

"倘若是学到了你的像貌，那可就真正糟糕。"

"丑人多福相，受麻烦的人却是像貌很好的人。"

"那我倒很愿意受一点麻烦，把像貌变标致一点。"

"为什么你疑心你自己不标致呢？许多比你更坏的人他都不疑心自己的。一个麻子的脸上感觉是自己的，并不是别人，不然为什么不当麻子的面时我们全不觉到麻子可笑呢？"

"哥，你说的对，请喝！"

"哥你喝！"

两人一举手，葫芦又逗在嘴上了。仿佛与女人亲嘴那么热情，两人的葫芦都一时不能离开自己的口。与酒结缘是厨子比五羊还来得有交情的，五羊到后像一堆泥，倒到烧火凳旁冷灰中了，厨子还是一口一口的喝。

厨子望到五羊弃在一旁的葫芦已空，又为量上一葫芦，让五羊抱在胸前，五羊抱了这葫芦却还知道与葫芦口亲嘴，厨子望到这情形，只把巴掌拍着个大肚皮痴笑。

　　　　　　　　　　　　　　　　神巫之爱

厨子结结巴巴的说：

"哥，听说人矮了可以成精，这精怪你师傅能赶走不能？"

睡在灰中的五羊，只含胡的答道："是罢，用木棒打他，就走了。"

"不能打！我说用的是道法！"

"念经吧。"

"不能念经。"

"为什么不能？唱歌可以抓得住精怪，念经为什么不能把精怪吓跑？近来一切都作兴用口喊的。"

"你这真是放狗屁。"

"就是这样也好。你说的对。这比那些流别人血做官的方法总好一点吧。这是我五羊说的，决不翻悔。……哥，你为什么不去做官？你用刀也杀了一些了，杀鸡杀猪和杀人有什么不同。"

"你说无用处的话。"

"什么是有用？我请教。凡是用话来说的不全是无用吗？无用等于有用，论人才就是这种说法；有用等于无用，所以能干的就应当被割。"

"你这是念咒语不是？"

"跟神巫的仆人若会念咒语，那么……"

"你说怎么？"

"我说跟到神巫的仆人是不会咒语的，不然那跟到族总的厨子也应有品级了。"

厨子到这时费思索了，把葫芦摇着，听里面还有多少酒。他倚立在灶边，望到五羊卷成一个球倒在那灰堆上，鼾呼已起了，他知道五羊一定正梦到在酒池里泅水，这时他也想跳下这酒池，就又是一葫芦酒咽嘟嘟喝下。这人不久自然也就醉倒到灶边了。这个地方的灶王脾气照例非常和气，所以眼见到这两个醉鬼如此烂醉，也从不使他们肚痛，若果在别一处，恐怕那可不行，至少也非罚款不能了事的。

五羊这时当真梦到什么了呢？他梦到仍然和主人在一处，同站在昨晚上那女人家门外窗前星光下轻轻的唱歌。天上星子如月明，星光照身上使身上也仿佛放光。主人威仪如神，温和如鹿，而超拔如鹤。身旁仍然是香花。花的香气却近于春兰，又近于玫瑰。主人唱歌厌倦了，要他代替，他不推辞，就开口唱道：

要爱的人，你就爱，你就行，你莫停。

一个人，应当有一个本分，你本分？

你的本分是不让我主人将爱分给他人，

勇敢点，跳下楼，把他抱定放松可不行。

五羊唱完这体面的歌后，就仿佛听到女人在楼上答道：

跟到凤凰飞的鸦，你上来，你上来，

我将告给你这件事情的黑白。

别人的事你放在心上，不能忘，不能忘，

你自己的女人如今究竟在什么地方？

五羊又俨然答道：

我是神巫的仆人，追随十年，地保作证。

我师傅有了太太，他也将不让我独困。

倘若师傅高兴，送丫头把我，只要一个，

愚蠢的五羊，天气冷也会为老婆捏脚。

女主人于是就把一个丫头掷下来了。丫头白脸长身，而两乳高胂，五羊用手接定，觉得很轻，还不如一箩谷子。五羊把女人所给的丫头，放到草地上，像陈列宝贝，他望到这个女人欢喜极了。他围绕这仿佛是熟睡的女子尽只打转，跳跃欢乐如过年。他想把这人身体各部分望清楚一点，却总是望不清楚。本来望到那高胂的两乳，久望一点却又变成两个馒头。他另外又望到一个东瓜，又望到一个小杯子，又望到一碗白炖萝卜，又望到……

奇奇怪怪的，是这行将为他妻女的一身。本来是应当说"用"的，久而久之都变成可吃的东西了。他得在每一件东西上尝尝，或吮一次，或用舌头舔舔，一切东西的味道都如平常一切果子，新鲜养人，使人贪馋忘饱。

他在略微知道餍足时候才偷眼望神巫。神巫可完全两样，只一个人孤孑的站在那山茉莉旁边，用手遮了眼睛，不看一切。走过去时神巫也不知。他大声喊也不应。五羊算定是女人不理主人了，就放大喉咙唱道：

　　若说英雄应当永远孤独，那狮子何处得来小狮子？

若师傅被女人弃而不理，我五羊必阉割终生！

　　不知如何，他又觉得真是应当在神巫面前阉割的时候了，他有点怕痛，又有点悔，就借故说须到前面看看。到了前面他见到厨子，腆着个大肚子，像庙中弥勒佛，心想这人平时吃肉太多了，肚子里至少有了三只猪。就随意在那胖子肚上踢了一脚，看看是不是有小猪跑出。胖子捧了大肚皮在草地上滚，草也滚平了。五羊望到这情形，就只笑，全忘了还应履行自己那件重要责任了。

　　过不久，梦境又不同了。他似乎同他的师傅向一个洞中走去，师傅伤心伤心的哭着，大约为失了女人。大路上则有无数年青女人用唱歌嘲笑这主仆二人，嘲笑到两人的脸嘴，说是太不高明。五羊就望望神巫同自己，真似乎全都苍老了，胡子硬鬃鬃全很不客气的从嘴边茁出芽来了。他一面偷偷的拔嘴上的胡子，一面低头走路。他经过的地方全是坟堆，且可以看到坟中平卧的人，还有烂了脸装着一幅不高兴神气的。他临时记起了避魔咒的全文，这咒语，在平时可是还不能念完一半的。这时念咒语走路，然而仍听得到山茉莉花香气，只不明白这香气应从何处吹来。

…………

在酣醉中，这仆人肆无忌惮的做过了许多怪梦。若非给神巫用一瓢冷水浇到头上，还不知道他尚有几个钟头才能酒醒的。当他能够睁眼望他的主人时，时间已是下午了。面对神巫他想起梦中事情，霍然一惊，余醉全散尽了，站起身来才明白自己在柴灰中打了几个滚，全身是灰。他用手摸他的颈和脸，莫名其妙脸上颈上全为水淋湿，还以为落雨，因为睡到当天廊下，所以雨把脸湿了，他望到神巫，却向神巫痴笑，不知为什么事而笑。又总觉得好笑不过，所以接着就大笑起来。

神巫说："荒唐东西，你还不清醒吗？"

"师傅，我清醒了，不落雨恐怕还不能就醒！"

"什么雨落到你头上？你一到这里来就像用糟当饭，他日得醉死。"

"醉得人死的酒，为什么不值得喝！"

"来！跟我到后屋来。"

"嘛。"

神巫就先走了。五羊站起了又复坐下，头还是昏昏沈沈，腿脚也很软，走路不大方便。坐下之后，慢慢的把梦中的事归入梦里，把实际归入实际，记起了这时应为主人探听那件事了，就在地下各处寻找那厨子，那一堆肥肉体终于为他发现在碓边了，起来取瓢舀水，也如神巫一样，把水泼到厨子脸上去。厨子先还不醒，到后又给五羊加上一瓢水，水入了鼻孔，打了十来个大嚏。口中含含胡胡说了两句，"出行大吉对我生财"，用肥手抹了一下脸嘴，慢慢的又转身把脸侧向碓下睡着了。

五羊见到这情形，知道无办法使厨子清醒，纵此时马房失火大约他也不会醒了，就拍了拍自己身上灰土，赶到主人住处后屋去。

到了神巫身边，五羊恭敬垂手站立一旁，脚腿发软只想蹲。

"我不知告你多少次了，脾气总不能改。"

"是的，师傅。一个小人的恶德，并不与君子的美德两样；全是自己的事，天生的。"

"我要你做的事怎样了呢？"

"我并不是因为她是笼中的鸟原飞不远疏忽了职务，实在是为了……"

"除了为喝酒我看不出你有理由说谎。"

"一个完人总得说一点谎，我并不是完人，决不至于再来说谎！"

神巫烦恼了，不再看这个仆人。因为神巫发气，一面脚久站了当不来，一面想取媚神巫，请主人宽心，这仆人就乘势蹲到地上了。蹲到地上无话可说，他就用指头在地面上作图画，画一个人两手张开，向天求助情形，又画一个日头，日头作人形，圆圆的脸盘，对世界发笑。

"五羊，你知道我心中极其懊恼的，想法子过一个地方为我探听详细那一件事罢。"

"我刚才还梦到——"

"不要说梦了，我不问你做梦的事。你试往别处去，问清楚我所想知道那一件事。"

"我即刻就去。（他站起来）不过古怪得很，我梦到——。"

"我无功夫听你说梦话，要说，留给你那同志酒鬼说罢。"

"我不说我的梦了，然而假使这件事，研究起来，我相信有人感到趣味。我梦到我——"

神巫不让五羊说完，喝住了他，五羊并不消沈，见主人实在不能忍耐，就笑着立正，点头，走出去了。

五羊今天已经把酒喝够了，他走到云石镇上卖糍粑处去，喝老妇人为尊贵体面神巫的仆人特备的蜜茶，吸四川金堂旱烟叶的旧烟斗，快乐如候补的仙人。他坐到一个蒲团上问那老妇人为什么这地方女人如此对神巫倾心，他想把理由得到。卖糍粑的老妇人就说出那道理，平常之至，因为神巫有可以给世人倾心处。

"伯娘，我有不有？"他意思是问有不有使女子倾心的理由。

"为什么不有？能接近神巫的除你以外还无别一个。"

"那我真想哭了。若是一个女人，也只像我那样与我师傅接近，我看不出她会以为幸福的。"

"这时节花帕族年青女人，那怕神巫给她们苦吃也愿意！只是无一个女人能使神巫心中的火把点燃，也无一个女人得到神巫的爱。"

"伯娘，恐怕还有罢，我猜想总有那么一个女人，心与我师傅的心接近，胜过我与我师傅的关系。"

"这不会有的事！女人成群在神巫面前唱歌，神巫全不理会，这骄傲男子，心中的人在天上，那里能对花帕族女人倾心？"

"伯娘，我试那么问一句：这地方，都不会有女人用她的歌声，或眼睛，揪着了我师傅的心么？"

"没有这种好女子，我是分明的。花帕族女子配作皇后的，也许还有人，至于作神巫的妻是床头人，无一个的。"

"我猜想，族总对我师傅的优渥，或者家中有女儿要收神巫作子婿。"

"你想的事并不是别人所敢想的事。"

"伯娘，有了恋爱的人胆子都非常大。"

"就大胆，族总家除两个女小孩以外也只一个哑子寡媳妇，哑子胆大包天，也总不能在神巫面前如一般人说愿意要神巫收了她。"

五羊听到这个话诧异了，哑子媳妇是不是——？他问老妇人，说：

"他家有一个哑媳妇么？像貌是……"

"一个人哑了，像貌说不到。"

"我问得是瞎了不瞎？"

"这人有一对大眼睛。"

"有一对眼睛，那就是可以说话的东西了！"

"虽地方上全是那么说，说她的舌头是生在眼睛上，我这蠢人可看不出来。"

"我的天——"

"怎么咧？'天'不是你这人的，应当属于那美壮的神巫。"

"是，应当属于这个人！神的仆人是神巫，神应归他侍奉，我告他去。"

五羊说完就走了，老妇人全不知道这是什么用意。

不过走出了老妇人门的五羊，望到这家门前的胭脂花，又想起一件事来了，他回头又进了门。妇人见到这样子，还以为爱情的火是在这神巫仆人心上熊熊的燃了，就说：

"年青人，什么事使你如水车匆忙打转？"

"伯娘，因为水的事侄儿才像水车……不过我想知道另外在两里路外有碉楼附近住的人家还有些什么人，请你随便指示我一下。"

"那里是族总的亲戚，还有一个哑子，是这一个哑子的妹妹，听说前夜还到道场上请福许愿，你或者见到了。"

"………"五羊点头。

那老妇人就大笑，拍手摇头，她说：

"年青人，在一百匹马中独被你看出了两只有疾病的马，你这相马的伯乐将成为花帕族永远的笑话了。"

"伯娘，若果这真是笑话，那让这笑话留给后人听罢。"

五羊回到神巫身边，不作声。他想这事怎么说才好？还想不出方法。

神巫说："你倒是到外面打听酒价去了。"

五羊不分辩，他依照主人意思说："师傅，的确是探听明白的事正如酒价一样，与主人恋爱无关。"

"你不妨说说我听。"

"主人要听，我不敢隐瞒一个字。只请主人小心，不要生气，不要失望，不要怪仆人无用……！"

"说！"

"幸福是孪生的，仆人探听那女人结果也是如此。"

神巫从椅上跳起来了。五羊望到神巫这样子，更把脸烂的如一个面饼。

"师傅，你慢一点欢喜罢，据人说这两个女人的舌头全在眼睛上，事情不是假的！"

"那应当是真事！我见到她时她真只用眼睛说话的。一个人用眼睛示意，用口接吻，是顶相宜的事了！要言语做什么？"

"……"五羊待要分明说这是哑子，见到神巫高兴情形，可不敢说了。他就只告给神巫，说是到神坛中许愿的一个是远处的一个，在近处的却是族总的寡媳，那人的亲姊妹。

因为花帕族的谚语是："猎虎的人应当猎那不曾受伤的虎，才是年青人的本分。"这主仆二人于是决定了今夜的行动。

第三天晚上的事

　　到晚来，忽然刮风了，落雨了，像天出了主意，不许年青人荒唐。天虽有意也不能阻拦了这神巫主仆二人，正因为天变了卦，凡是逗在大路上，以及族总门前，镇旁寨门边的女人，知道天落了雨，神巫不至于出门，等候也是枉然，因此无一个人拦路了。既然这类近于绊脚石的女人不当路，他们反而因为天雨方便许多了。

　　吃过了晚饭，老族总走过神巫住处来谈天，因为天气忽变，愿意神巫留在云石镇多住几天。神巫还不答应，五羊便说：

　　"一个对酒有嗜好的人，实在应当在总爷厨中留一年，一个对女人有嗜好的人，至少也应当留半……！"

五羊的话被主人喝住不说了，老族总明白神巫极不欢喜女人，见到神巫情形不好，就说：

"在这里委屈了年青的师傅了，真对不起。花帕族人用不中听的歌声麻烦了神巫，天也厌烦了，所以今天落了雨。"

神巫说："祖父说那里话，一个平凡男子，到这里得到全镇父老姊妹的欢迎，他心里真过意不去！天落雨这罪过是仍然应归在神的仆人头上的，因为他不能牺牲他自己，为人过于自私。不过神可以为我证明，我并不希望今夜落雨啊！"

"自私也是好的，一个人不能爱自己他也就无从爱旁人了。花帕族女人在爱情上若不自私，灭亡的时期就快到了。"

神巫不敢答话，就在房中打圈走路，用一个勇士的步法，轻捷若猴，沈重若狮子，使老族总见了心中喝彩。

老族总见五羊站在一旁，想起这人的酒量来了，就问道：

"有光荣的朋友，你到底能有多大酒量？"

五羊说："我是吃糟也能沈醉的人，不过有时也可以连喝十大碗。"

"我听说你跟到过龙朱矮仆人学唱歌的，成绩总不很坏吧？"

"可惜人过于蠢笨，凡是那矮人为龙朱尽过力的事我全不曾为主人作到。"

"你自己在吃酒以外，还有什么好故事没有？"

"故事真多啦。大概一个体面人才有体面的事，所以轮到五羊的故事，也都是笑话了。我梦到女主人赏我一个妇人哩，是白天的梦。我如今只好极力把女主人找到，再来请赏。"

老族总听到这话好笑，觉得天真烂漫的五羊，嗜酒也无害其心上天真，就戏说：

"你为你主人做的事也有一点儿'眉目'没有？"

"有'目'不有'眉'。……哈哈，是这样罢，这话应当这样说罢。……天不同意我的心，下了雨！"

"不下雨，你大约可以打火把满村子里去找人，是不是？"老族总说完打哈哈笑了。

"不必这样费神，——"五羊极认真的这样说，下面还有话，神巫恐怕这人口上不检，误了事，就喊他拿外廊的马鞍进来，恐怕雨大漂湿了鞍鞯。五羊走出去了，老族总向神巫说：

"你这个用人真真不坏。许多人因为爱情把心浸柔软了，他的心却是泡在酒里变天真的。"

神巫不作答，用微笑表示老人话有道理。他仍然在房中来回走着，一面听到外面风雨撼树的声音，想起另一个地方的山茉莉与胭脂花或者已为风雨毁完了，又想起那把窗推开向天吁气女人的情形，又想起在神坛前流泪女人的情形，忽然心燥起来了，眉毛聚在一处，忘了族总在身边，顿足喊五羊。五羊本是候在门外廊下，听喊声就进来了，问要什么。神巫又无可说了，就顺口问雨有多大，一时会不会止。

五羊看了看老族总，聪明的回答神巫道：

"还是尽这雨落罢，河中水消了，绊脚石就会出现！"

神巫不理会，仍然走动。老族总就说：

"天落雨，是为我留客，明天可不必走了，等候天气晴朗时再说。"

"……"神巫想说一句什么话，老族总已注意到，神巫到后又不说了。

老族总又坐了一会，告辞了，老族总去后不久，神巫便问五羊蓑衣预备好了没有？五羊说天气太早，还不到二更，不合宜。于是主仆二人等候时间，在雨声中消磨了大半天。

出得门时已半夜了。风时来时去。雨还是在头上落。道路已成了小溪，各处岔道全是活活流水。在这样天气下头，善于唱歌夜莺一样的花帕族女人，全敛声息气在家中睡觉了。用蓑衣掩了身体的主仆二人，出了云石镇大寨门，经过无数人家，经过无数田坝，到了他们所要到的地方。

立在雨中望面前房子，神巫望到那灯光，仍然在昨晚上那一处。他知道这一家男子睡了觉，仍然是女子未曾上床。他心子跳动着越过那山茉莉的低篱，走到窗下去。五羊仍然蹲在地下，还要主人踹踏他的肩，神巫轻轻的就上了五羊的肩头。

今夜窗已关上了，但这窗是薄棉纸所糊，神巫仿照剑客行为，把窗纸用唾液湿透，通了一个小窟窿，就把眼睛向窟窿里张望。

房中无一人，只一盏灯摇摇欲熄。再向床前看去，床边一张大木椅上是一堆白色衣裙，床上蚊帐已放下，人睡了。神巫想轻轻的喊一声，又恐怕惊动了这一家其余的人。他攀了窗边等候了许久，还无变动。女人是已经熟睡，或者已做梦梦到在神巫身边了。神巫眼看到灯已快熄，再过一阵若仍无办法就更不方便了。他缩身下地，把情形告给五羊。五羊以为就是这样翻了窗进去，其余无更好办法。他说请聪明的龙朱来做此事也只有如此，若这一点勇气也缺少，那将永远为花帕族女人笑话了。

　　神巫应允了，就又踹到五羊的肩爬到了窗边。然而望到那帐子，又不敢用手开窗了。他不久又跳下了地。

　　上去下来，上去下来，……一连七八次，还无结果。到后一次下了决心，他仍然上到五羊的肩头。他将手从那窗格中伸了进去，摸到了窗上的铁扣，把它轻轻移去，窗开了。窗开后，五羊先是蹲着，这时慢慢的用力站起，于是这忠实的仆人把他的主人送进窗里去了。五羊做毕这事以后，肩头上的泥水也忘记拍去，只站在这窗下淋雨。他望到那窗里的灯光，目不转睛。他耳朵仿佛已扯长到了窗上。他不能想像这时的师傅是什么情形，忽然灯熄了，这仆人几乎喊出声来，忙咬着蓑衣的边沿，走远一点。

为了忘记把窗关上，一阵风来，无油的灯便吹熄了。灯熄了时神巫刚好身到床边，正想用手揎那细白麻布帐子。灯一熄，一切黑暗，神巫茫然了。过了一阵他记起身边有取灯了，他从身上摸出来刮燃，又把灯点上。五羊在外面见了灯光，又几乎喊出声来。灯燃了时他又去揎那帐子，这年青无经验的人在虎身边时还不如此害怕，如今可是全身发抖在那行为上。

还有更使他吃惊的事，在把帐门打开以后，原来这里的姊妹两个，并在一头，神巫疑心今夜的事完全是梦。

…………

…………

　　　　　　　　神巫之爱

沈从文著作集（全13册）

《边城》

奠定沈从文文学大师地位的经典小说

书号：978-7-5455-5930-9

定价：30.00元

《湘西》

沈从文为故乡湘西书写的传记

书号：978-7-5455-6055-8

定价：26.00元

《湘行散记》

沈从文同时写给爱人和故乡湘西的情书

书号：978-7-5455-5943-9

定价：30.00元

《长河》

极写平凡人物生活中的"常"与"变"

书号：978-7-5455-6142-5

定价：38.00 元

《从文自传》

记录一代文学大师的野蛮生长

书号：978-7-5455-6163-0

定价：32.00 元

《春》

沈从文描绘淳朴民风以及上流社会腐朽生活的篇章

书号：978-7-5455-6010-7

定价：26.00 元

《春灯集》

沈从文深刻描写人性的小说代表作

书号：978-7-5455-6013-8

定价：34.00 元

《阿金》

以平和笔墨书写的沉重故事

书号：978-7-5455-5929-3

定价：26.00 元

《黑凤集》

沈从文描写女性的深情之作

书号：978-7-5455-6009-1

定价：32.00 元

《废邮存底》

沈从文、萧乾关于人生和文学创作的对话

书号：978-7-5455-6176-0

定价：32.00 元

《黑夜》

沈从文书写人性之美的短篇小说经典

书号：978-7-5455-6086-2

定价：30.00 元

《神巫之爱》

沈从文对母族文化的乌托邦想象

书号：978-7-5455-6012-1

定价：24.00 元

《月下小景》

由佛经改写的纯美寓言故事

书号：978-7-5455-6011-4

定价：38.00 元